© 2023 Culturea Editions

Texte et illustration de couverture : © domaine public
Edition : Culturea (Hérault, 34)
Contact : infos@culturea.fr
Retrouvez notre catalogue sur http://culturea.fr
Imprimé en Allemagne par Books on Demand
Design typographique : Derek Murphy
Layout : Reedsy (https://reedsy.com/)

Dépôt légal : janvier 2023
Tous droits réservés pour tous pays

ISBN : 9791041925100

Table des matières

I

J'ai été témoin dans ma vie d'un héroïque sacrifice. Celle qui l'a fait et celui pour qui il a été fait sont maintenant dans l'éternité. J'écris ces quelques pages pour les faire connaître. Leur souvenir m'a suivie partout, mais c'est surtout ici, dans cette maison où tout me les rappelle, que j'aime à remuer *les cendres de mon cœur*.

Ô mon Dieu, vous êtes infiniment bon pour toutes vos créatures, mais vous êtes surtout bon pour ceux que vous affligez. Vous savez quel vide ils ont laissé dans ma vie et dans mon cœur, et pourtant, même dans mes plus amères tristesses, j'éprouve un immense besoin de vous remercier et de vous bénir. Oui, soyez béni, pour m'avoir donné le bonheur de les connaître et de les aimer ; soyez béni pour cette foi profonde, pour cette admirable générosité, pour cette si grande puissance d'aimer que vous aviez mises dans ces deux nobles cœurs.

Thérèse Raynol à sa mère.

Malbaie, le 14 juin 186*.

Chère Mère,

La malle ne part que demain, mais pourquoi ne pas vous écrire ce soir ? Je suis à peu près sûre que vous vous ennuyez déjà, et je compte bien que vous ne tarderez guère à suivre votre chère imparfaite. J'ai choisi pour vous la chambre voisine de la mienne. En attendant que vous en preniez possession, j'y ai mis la cage de mon bouvreuil, auquel je viens de dire bonsoir. Mais

il faut bien vous parler un peu de mon voyage, qui n'a pas été
sans intérêt. Vous vous rappelez ce jeune homme dont le courage fut tant admiré à l'incendie de notre hôtel, à Philadelphie.
Figurez-vous qu'à ma très grande surprise, je l'ai retrouvé parmi
les passagers. Il se nomme Francis Douglas. Je puis maintenant
vous dire son nom, car j'ai fait sa connaissance ce soir.

Nous venions à peine de laisser Québec, quand je l'aperçus,
se promenant sur la galerie avec le port d'un amiral. Je le re-
connus du premier coup d'œil, non sans émotion, pour parler
franchement. Si cela vous étonne, songez, s'il vous plaît, que
vous pleuriez d'admiration en parlant du courage héroïque de
cet inconnu ; de l'admirable générosité avec laquelle il s'était
exposé à une mort affreuse, pour sauver une pauvre chétive
vieille qui ne lui était rien. Après avoir longtemps marché à
l'avant du bateau, il entra dans le salon. Ce chevalier, qui risque
sa vie pour sauver les vieilles infirmes, nous jeta un regard dis-
trait. Ouvrant son sac de voyage, il y prit un livre et fut bientôt
absorbé dans sa lecture. Connaissez-vous ce beau garçon ? me
demanda Mme L... – Lequel ? Dis-je hypocritement. – Celui qui
vient d'entrer. – Non, répondis-je. Je ne parlai pas de sa belle
action. Pourquoi ? Je n'en sais rien, chère mère. Mais je le
considérais souvent, sans qu'il y parût, et je me disais que je ne
serais nullement fâchée de savoir tout ce qui le regarde. Ne se-
rez-vous pas fière de la raison de votre grande fille, si je vous
avoue que je me surpris appelant une tempête ! C'est bien naturel. J'aurais voulu voir comment il se conduit dans un naufrage.
Malheureusement, ce souhait si sage, si raisonnable, si charita-
ble, ne se réalisa pas.

On me demanda de la musique. Je venais de lire quelques
pages d'Ossian – ce qui n'est plus neuf ; – je jouai une vieille
mélodie écossaise. Monsieur ferma son livre et m'écouta avec
un plaisir évident. Il est écossais, pensai-je, et vous allez voir
que je ne me trompais pas. Il ne reprit plus sa lecture, et quel-

que chose dans son expression me disait que sa pensée était loin, bien loin, – dans les montagnes et les bruyères de l'Écosse.

Ne l'ayant pas vu débarquer à la Malbaie, j'avais supposé qu'il se rendait à Tadoussac. Après le souper, j'étais avec quelques dames dans le salon de l'hôtel. Jugez de ma surprise, quand je le vis entrer avec cette bonne Mme L.., qui nous le présenta.

M. Douglas me parla du plaisir qu'il avait éprouvé en entendant un air de son pays, et ces quelques mots simples et vrais disaient éloquemment son amour pour sa patrie. Je vous assure que je n'étais pas à mon aise, près de ce héros. Il me semblait qu'il lisait dans mon âme, et, comme je me rends compte que je m'occupe un peu trop de lui, chaque fois que je rencontrais son regard ma timidité augmentait. J'avais beau me dire que je ne suis pas *transparente,* je ne pus parvenir à me le persuader. Il est certain que je ne vous ai pas fait honneur. M. Douglas, qui était, lui, parfaitement à l'aise, essaya plusieurs fois d'engager la conversation avec moi, et ne réussit pas, comme vous le pensez bien. Mais si je ne parlais pas assez, j'ai la consolation de dire que d'autres parlaient trop. Deux dames s'aventurèrent dans une dissertation sentimentale avec un galant officier. Vous vous imaginez facilement que cette dissertation n'a pas jeté qu'un peu de lumière dans les abîmes du cœur humain.

J'allais entrer dans ma chambre, quand la brillante Mlle X... me dit avec une satisfaction mal déguisée : « Thérèse, ma chère, comme vous étiez gauche et embarrassée ce soir ! Quelle opinion vous allez donner des Canadiennes à ce séduisant étranger ! » Soyez fière de moi, après cela. Mais n'importe. Si le feu prend cette nuit à l'hôtel, j'espère que ce sauveur de vieilles veuves paralysées ne me laissera pas brûler.

Malbaie le 23 juin 186*

Chère Mère,

J'en veux et j'en voudrai longtemps à ces maussades affaires qui vous retiennent loin de moi. Même je ne suis pas sûre de ne pas vous en vouloir un peu. Aux quatre vents du ciel les obstacles ! Croyez-moi, tout est vanité, à part marcher sur la mousse et respirer le satin. Descendez vite. Il me tarde de vous faire les honneurs de la Malbaie. Kamouraska a bien ses agréments. J'ai un faible pour Tadoussac, pour ses souvenirs, pour sa jolie baie, grande comme une coquille, mais la Malbaie ne se compare point.

Cette belle des belles a des contrastes, des surprises, des caprices étranges et charmants. Nulle part je n'ai vu une pareille variété d'aspects et de beautés. Le grandiose, le joli, le pittoresque, le doux, la magnificence sauvage, la grâce riante se heurtent, se mêlent délicieusement, harmonieusement, dans ces paysages incomparables.

Ô mon beau Saint-Laurent ! ô mes belles Laurentides ! ô mon cher Canada ! Excusez ce lyrisme : c'est demain notre fête nationale.

La Malbaie n'a qu'un défaut, l'affluence des étrangers. Si j'étais reine, je me contenterais de cette campagne enchantée pour mon royaume, mais j'en défendrais l'entrée d'abord à toutes celles qui lisent des romans, ensuite à tous ceux qui se croient qualifiés pour gouverner et réformer leur pays. Qu'en dites-vous ? Mais en attendant, c'est un bruit, un mouvement, un va-et-vient continuel.

Les étrangers n'ont ici que l'obligation de ne rien faire. Aussi, comme on s'y promène. Tous les jours, pique-niques, parties de plaisir de toutes sortes et bals le soir. Pour moi, je donnerais tous les pique-niques passés, présents et futurs, tous les bals impromptus et préparés, pour un bain de mer.

Je vais tous les matins à la messe, ordinairement par la grève, ce qui est fort agréable. L'église est bâtie sur le fleuve, à l'embouchure de la rivière Malbaie. C'est un fort beau site. En face, la baie, – cette charmante baie que l'on compare à celle de Naples, – à droite des champs magnifiques, une hauteur richement boisée, où chantent les oiseaux et les brises d'été ; à gauche, la rivière, puis le Cap-à-l'Aigle, sauvage et gracieux, et en arrière les montagnes vertes et bleues qui ferment l'horizon. L'église est bien entretenue.

« *Le siècle avait deux ans* » lorsqu'on a commencé à la construire. C'est jeune encore pour une église. Pourtant les hirondelles l'affectionnent, car les nids s'y touchent, et, en levant les yeux, on aperçoit toujours quelque jolie petite tête qui s'avance curieusement au dehors.

Je suppose qu'il faut bien vous parler un peu de M. Douglas. Il est assez probable que je m'occupe de lui plus qu'il ne faudrait ; mais, outre que je n'en dis rien, je ne fais en cela que comme tout le monde. Je n'ai dit qu'à Mme L... que M. Douglas est le héros de l'incendie de l'hôtel. Elle m'a conseillé de garder sagement le silence là-dessus. Elle prétend qu'il est assez dangereux sans l'auréole de l'héroïsme.

Vous, mère chérie, vous prétendez que c'est un grand dommage que ce noble jeune homme ne soit pas très laid, ou un peu difforme. Avec votre permission, madame, c'est justement cela qui serait dommage. Chère mère, c'est prudent peut-être, ce que vous dites, mais à coup sûr, ce n'est pas féminin. D'ailleurs, si M. Douglas est de la famille des braves, il n'est pas de celle des galants, et n'accorde d'attention que juste ce qu'il faut pour n'être pas impoli. Il décline toutes les invitations et a l'air de s'être dit comme un poète :

> À moi *la grève solitaire,*
> *La chasse au beau soleil levant,*
> À moi *les bois pleins de mystère,*
> *La pêche au bord du lac dormant.*

Mme H... a déclaré que nous devrions toutes conclure contre lui un traité d'alliance offensive.

Le Dr G... est à la Malbaie et se livre à l'observation. Il trouve que les rubans écossais sont bien en faveur depuis l'arrivée de M. Douglas, et se plaint amèrement d'être condamné à entendre tant d'airs écossais, depuis la même date. Ce que c'est, dit-il, d'avoir la tournure chevaleresque ! Moi, j'ai passé plusieurs années en Écosse, et personne n'a songé à apprendre *Vive la canadienne,* ou *À la claire fontaine.* M. Douglas est riche, et le Dr se plaît à en informer les dames qui ont des filles à marier. Ça les rend pensives, dit-il.

Ce soir, le docteur, Elmire et moi, nous sommes allés visiter les sauvages. C'est curieux à voir. La soirée était fraîche. Un beau feu de branches sèches flambait devant les cabanes. J'aperçus M. Douglas qui se chauffait et causait avec les sauvages. En le voyant dans cette clarté rougeâtre, je me rappelai l'incendie, et, pour dire vrai, le cœur me battit un peu fort ; puissance du souvenir, involontaire hommage au courage et à la générosité !

Comme nous allions partir, le Dr fut appelé en toute hâte pour un malade et nous revenions seules, quand M. Douglas nous joignit et réclama l'honneur de nous reconduire, ce que nous daignâmes accorder. Je fus un peu surprise, je l'avoue, car il ajouta, avec une naïveté bien singulière chez un homme du monde : J'ai cru que j'avais eu tort de vous laisser partir seules, et, réflexion faite, je me suis hâté de vous rejoindre. – Nous comprenons, monsieur, dit Elmire piquée : vous avez cru que c'était un devoir. – Non, Mademoiselle, j'ai seulement pensé que c'était une attention à laquelle vous aviez droit, et il continua un peu fièrement : Vous défendre, si vous couriez quelque danger, *ce serait un devoir.*

J'incline à croire que ce devoir serait bien rempli, et si jamais je vais me promener chez les cannibales, je prierai M. Francis Douglas de me donner le bras. Il a veillé au salon, contre son habitude. Il n'est certainement pas aussi beau qu'on le dit, mais il a une distinction rare et une grâce incomparable.

La grâce plus belle que la beauté.

Comme vous voyez, c'est bien suffisant. Il est plutôt grave qu'enjoué, mais on cause bien avec lui. Vous aimerez sa simplicité charmante. Nous avons conversé en français, et là-dessus on nous a gracieusement fait entendre – à Elmire et à moi – qu'il faut que notre prononciation anglaise le fatigue beaucoup, puisqu'il nous parle français. N'est-ce pas beau de songer si vite aux ennuis de son prochain ?

Quoi qu'il en soit des susceptibilités de M. Douglas, une chose sûre, c'est qu'il parle français parfaitement, et une autre chose joliment certaine aussi, c'est que j'aimerais mieux ne le fatiguer en rien. Je lui ai demandé comment il trouvait nos sauvages. Bien déchus, mademoiselle. Ils ne sont pas tatoués et la mauvaise civilisation les gagne. Quand je me suis assis à leur feu, ils ne m'ont pas présenté le calumet de paix. Quel surnom les sauvages d'autrefois lui auraient-ils donné ? Songez-y, s'il vous plaît.

Chère mère, descendez vite et apportez-moi un gros bouquet de roses. Je m'ennuie et je vous aime.

24 juin.

Ce matin, de très bonne heure, Elmire et moi, nous sommes allées à la chapelle Harvieux. Le trajet est rude sur la grève de l'extrême Pointe-aux-Pics : pas de *sable d'or,* mais quand on a le pied sûr, c'est charmant de marcher sur ces beaux *crans* lavés par la mer. Ô senteur du varech ! ô parfums du salin ! Qu'il fait bon, de se sentir vivre et d'errer comme une alouette sur la grève embaumée ! Les oiseaux chantaient dans les arbres qui couronnent la falaise. L'ancolie croît partout dans les fentes des rochers. Ces jolies cloches rouges font un charmant effet sur le roc aride. Qu'est-ce qui plaît davantage, une fleur dans la mousse ou une fleur sur un rocher ? Hélas ! il y a des femmes qui n'aiment les fleurs que sur leurs chapeaux, et pour qui une promenade dans la rue Notre-Dame a plus de charmes qu'une course dans les bois ou sur la grève ! Mais à quoi bon philosopher ?

La chapelle Harvieux est à un mille du quai. C'est tout simplement une grotte de sept à huit pieds de profondeur, taillée dans le roc à une dizaine de pieds du sol. Il y a bien longtemps, un religieux français du nom de Harvieux y célébra la messe. Ce missionnaire descendait le fleuve en canot pour visiter les colons établis sur les côtes et fut retenu là par une tempête. J'aime cette solitude sauvage, et qu'elle doit être grande et triste quand le vent gémit et que la mer se livre à ses formidables colères ! Mais ce matin tout était calme et les goélands séchaient coquettement leurs plumes sur ces rochers où ils viennent prophétiser la tempête.

Aujourd'hui j'attendais ma mère, et je suis allée à l'arrivée du bateau, mais déception. Il n'y avait pour moi qu'une lettre et un bouquet de roses. Je me suis vite sauvée pour lire ma lettre. Je n'aime pas ces foules bruyantes où les cochers et les gamins ont la haute note. Elmire est venue me rejoindre et après m'avoir pris la moitié de mon bouquet, elle a décidé qu'il fallait explorer la grève en deçà du quai. Nous avons commencé par escalader les énormes blocs qui sont là, et nous y avons trouvé une grotte profonde à demi fermée par des bouquets de jeunes cèdres. Les oiseaux, il me semble, doivent aimer cette grotte le matin, les jours d'automne surtout, car le soleil levant l'emplit de rayons et y fait bourdonner sans doute une foule d'insectes. Mais ce soir elle était pleine d'ombre et de fraîcheur. Nous y sommes restées longtemps. J'avais sur l'âme une brume de mélancolie. Ma mère viendra demain. Ce n'est qu'un retard d'un jour, mais cela suffit pour attrister. L'âme a un ciel si changeant ! Pourtant qu'il faisait beau ce soir ! J'ai laissé la grotte avec regret. Pauvre grotte, me disais-je, ce matin elle s'est emplie de soleil, de chaleur et de vie avant le reste de la nature qui l'entoure, et la voilà pleine d'ombre pendant que le soleil rayonne encore partout, sur le Cap-à-l'Aigle, sur le fleuve si beau, sur les clochers lointains qui scintillent le long de la côte du sud. Et je pensais à une âme qui m'intéresse et que la tristesse semble envelopper.

Pour moi, jusqu'à présent, la vie a été bien douce. Il est vrai, je n'ai pas connu ma mère, c'est à peine s'il me reste un souvenir de mon père, et pourtant j'ai été heureuse, car ma belle-mère m'aime avec une tendresse plus que maternelle. Mais combien d'âmes ouvertes dans leurs beaux jours d'enfance à tous les rayons du ciel, plus illuminées peut-être que les autres, ont vu tout à coup, par une permission de Dieu, la nuit les envahir de bonne heure !

Hélas ! la vie est semblable à la mer ;
Son flot, parfois caressant sur la plage,
Écume au large et devient plus amer.

30 juin.

M. Douglas est protestant ; je m'en doutais, et pourtant il m'a été pénible de le lui entendre dire.

À la première occasion, ma mère lui a parlé de sa belle conduite à l'incendie de Philadelphie. Il a rougi comme une jeune fille et nous a assurées que dans la surexcitation on expose facilement sa vie. Il prétend que son agilité de montagnard est pour beaucoup dans ce que nous appelons son héroïsme.

Ma mère ne lui a pas caché comme nous désirions le connaître, comme nous lui en voulions de s'être dérobé à toutes les recherches. J'étais un peu confuse, et lui n'était pas à l'aise non plus. Il a souri en entendant dire que, jusqu'à notre départ de Philadelphie, je m'étais obstinée à rêver pour lui une ovation populaire. Le sourire a un singulier charme sur sa bouche sérieuse, c'est dommage qu'il soit si rare. D'où vient la tristesse qui lui est habituelle. D'abord, j'avais cru que c'était l'ennui de se trouver au milieu d'étrangers ; mais ce n'est pas cela. Il a un grand chagrin. Malgré son calme, sa réserve anglaise, on ne peut le voir longtemps sans s'en apercevoir. Pourquoi souffre-t-il ? Je suis condamnée à entendre là-dessus bien des suppositions. Quoi qu'il en soit, je suis sûre que ce n'est pas une douleur vulgaire qui assombrit ce noble front. Jusqu'à présent, je ne sais rien de sa vie, si ce n'est qu'il a perdu ses parents de bonne heure et qu'il n'a ni sœur ni frère.

Il nous a priées de ne rien dire de l'incendie de Philadelphie. Soit, je n'en dirai rien, mais j'y pense souvent. Noble jeune homme ! Quand moi et tant d'autres ne savions donner que notre impuissante compassion, lui s'est exposé avec une générosité sublime. Quel parfum un pareil souvenir doit laisser dans l'âme ! Souvent, en le regardant, je me demande ce qu'il dut éprouver quand il se trouva seul après s'être dérobé aux applaudissements de la foule. Jamais je ne connaîtrai la joie du dévouement héroïque, mais je remercie Dieu d'avoir été témoin d'une action vraiment courageuse, vraiment désintéressée, vraiment généreuse. L'admiration élève l'âme et satisfait un des plus doux besoins du cœur.

8 juillet.

Je me sens souvent inquiète et troublée. Où est le calme, la sereine insouciance de ma jeunesse ? Je suis bien différente de moi-même, de ce pauvre moi que je croyais connaître. J'aurais besoin de solitude. La vie d'hôtel m'ennuie. Il y a de l'autre côté de la baie, au bas du Cap-à-l'Aigle, une maison dont la situation isolée me plairait beaucoup. Là rien ne me distrairait de la vue et du bruit de la mer.

« Plein de monstres et de trésors, toujours amer quoique limpide, jamais si calme qu'un souffle soudain ne le puisse troubler effroyablement ; est-ce l'océan ou le cœur de l'homme ?

« Riche et immense, et voulant toujours s'enrichir et s'agrandir, toujours prompt à franchir ses limites, toujours contraint d'y rentrer, emprisonné par des grains de sable : est-ce le cœur de l'homme ou l'océan ?

« Océan ! cœur de l'homme ! quand vous avez bien mugi, bien déchiré les rivages, vous emportez pour butin quelques stériles débris qui se perdent dans vos abîmes ! »

12 juillet.

Enfin, je connais la cause de sa tristesse, et je sais aussi quel est ce sentiment que je prenais pour une admiration vive.

Pourquoi suis-je restée ici ? J'aurais dû le fuir. Maintenant, c'est trop tard.

Hier nous avons causé intimement. Il m'a parlé de l'ami qu'il a perdu, et l'indicible joie que j'ai sentie en l'entendant dire qu'il n'avait jamais aimé que son ami m'a été une révélation. Ô mon Dieu ! ayez pitié de moi. Je le sais, *celui qui n'a pas l'Église pour mère ne peut vous avoir pour père ;* je le sais, mais il m'est impossible de ne pas l'aimer.

30 juillet.

M. Douglas me parle toujours de son ami, mais avec une sensibilité si vraie, si profonde, qu'il est impossible de l'entendre sans être touché au delà de tout ce qu'on peut dire. En l'écoutant, je me rappelle cette parole de David pleurant son Jonathas : « Je t'aimais comme les femmes aiment. »

Il m'a montré le portrait de son ami et quelques-unes de ses lettres. Je les ai lues avec un attendrissement profond, et maintenant je comprends la profondeur de ses regrets. Pourquoi l'amitié, si rare chez les hommes, l'est-elle encore plus chez les femmes ? Deux ans bientôt que Charles de Kerven est mort. Je pense bien souvent à ce pauvre jeune homme qui dort là-bas, sur la terre de Bretagne. J'aime à prier pour lui. Il a eu de grands malheurs, il est mort à la fleur de l'âge, mais il a été profondément aimé par l'homme le plus noble qui fut jamais.

II

Fête de Saint Bernard

Saint Bernard disait à la sainte Vierge : « Je consens à n'entendre jamais parler de vous, si quelqu'un peut dire qu'il vous a invoquée sans être secouru. » Bon saint ! Je veux me rappeler cette parole, chaque fois que je dirai le *Souvenez-vous* pour Francis.

Oh ! auguste Vierge, ma douce mère, je vous en prie, faites que mon amour pour lui ne déplaise jamais à vos yeux très purs, et daignez vous-même l'offrir à Dieu.

Cette après-midi, j'étais sur la grève avec plusieurs amies. On parla du prochain départ de M. Douglas pour l'Écosse. Je n'y crus pas, et pourtant quel poids ces paroles me mirent sur le cœur ! Si c'était vrai…s'il devait partir, me disais-je…et ne faudra-t-il pas qu'il parte un jour ? Cette pensée me bouleversait, m'accablait. Comme je me sentais observée, je pris un prétexte pour m'éloigner. Ne plus jamais l'entendre ! Ne plus jamais le voir !

Ô mon Dieu, quel serait donc le malheur de vous perdre pour jamais ; puisque la seule pensée d'être séparée de lui me faisait si cruellement souffrir !

Je marchais au hasard sur la grève ; tout à coup, apercevant le clocher qui brillait au soleil, je pensai à celui qui a de la consolation pour toutes les douleurs, et je me dirigeai vers l'église. Bientôt j'entendis, derrière moi, ce pas léger que je connais si bien, et, un instant après, M. Douglas me rejoignit.

– Est-il vrai que vous partiez bientôt ? lui demandai-je.

– Et comment vivrais-je sans vous ? me répondit-il vivement.

Puis troublé, ému, il me dit qu'avec moi il se consolerait de la mort de son ami... qu'il avait cru sa vie brisée pour jamais, mais que je lui avais rendu la foi au bonheur. Nous marchâmes ensuite sans échanger une seule parole. Comme nous montions la petite côte qui conduit de la grève au chemin public, il me dit à demi-voix : Essuyez vos yeux il ne faut pas que d'autres que moi voient ces larmes. Oui, c'était vrai, je pleurais sans m'en apercevoir. Quand nous fûmes à l'église : Je venais ici, lui dis-je. Lui, m'appelant pour la première fois par mon nom de baptême, me demanda gravement : Thérèse, pourquoi pleuriez-vous ? Je me sentis rougir, et, ne trouvant rien à répondre, je lui dis : Laissez-moi, je vais prier pour vous. Il m'ouvrit la porte de l'église.

Ô mon Dieu, quel bonheur de vous prier pour lui, vous, l'arbitre souverain de son sort éternel ! Il n'est pas l'enfant de votre Église, et à cause de cela j'aurais voulu ne pas l'aimer, mais vous m'avez donné pour lui tous les dévouements et toutes les tendresses. Ô Christ, mon sauveur, je sais que *tout don parfait vient de vous*, mais souvenez-vous de mon ardente prière, et faites-moi mériter pour lui la foi ; faites-la moi mériter par n'importe quelles douleurs, par n'importe quels sacrifices. Et vous, ma divine mère, je vous promets de vous aimer, de vous honorer pour lui et pour moi, en attendant qu'il vous connaisse.

Comme je m'agenouillais devant l'autel de la sainte Vierge, pour lui confirmer cette promesse, la lumière du soleil, glissant à travers les vitraux, fit à la statue comme une auréole de joie et de gloire ; son doux visage sembla sourire.

Je sortis très calme et très heureuse. M. Douglas m'avait attendue. Il parla peu le long du chemin et ne fit aucune allusion à ce qui s'était passé entre nous, mais nous nous comprenions parfaitement. Sur le rivage, une pauvre femme ramassait péniblement les branches apportées par la mer.

— Rendons-la heureuse aussi, dit Francis.

Il me donna sa bourse et je la remis à la pauvre vieille, qui la reçut en nous bénissant.

Nous marchions en silence.

Jamais je ne m'étais sentie si heureuse de vivre.

Les oiseaux chantaient, la mer chantait et mon âme aussi chantait. Il me semblait respirer la vie dans les senteurs des bois, dans les parfums de la mer. À l'horizon, le soleil baissait. Nous nous assîmes sur les rochers pour le regarder coucher. Je n'oublierai jamais ce tableau : devant nous, le Saint-Laurent si beau sous sa parure de feu ; au loin, les montagnes bleues ; partout une splendeur enflammée sur ce paysage enchanteur. Francis regardait enthousiasmé, mais son noble visage s'assombrit tout à coup.

— Pourquoi faut-il que les beaux jours finissent, me dit-il tristement.

J'étais heureuse, enchantée, ravie, et je lui dis :

— Ne soyons pas ingrats. Regardez autour de vous, et dites-moi ce que sera la patrie, puisque l'exil est si beau.

Il me regarda avec une expression que je n'oublierai jamais, et répondit à voix basse :

– Dites plutôt : Regardez dans votre cœur.

Et un peu après il continua :

– L'amour fait comprendre le ciel, mais ce beau coucher de soleil me rappelle que la vie passe.

La soirée s'est passée à l'hôtel. Francis était très grave, mais il y avait dans sa voix une douceur pénétrante qui ne lui est pas ordinaire, et quand je rencontrais son regard, j'y voyais luire cette lumière fugitive qui traverse parfois ses yeux comme un éclair. Il ne me parla guère ; mais, sans rien faire qui puisse attirer l'attention, il a l'art charmant de me laisser voir qu'il s'occupe de moi. Cette bonne Mme L.., s'adressant à Mlle V...et à moi, nous fit observer que M. Douglas avait l'air heureux.

– Ce que je vois le mieux, c'est qu'il est bien bon, répondit Mlle V.., – qui se pique de dire toujours ce qu'elle pense, et un instant après elle ajouta : – Je voudrais bien savoir pourquoi il est ce soir aussi grave, aussi recueilli qu'un jésuite qui sort de retraite.

21 août.

Comme j'ouvrais ma fenêtre ce matin, un bouquet adroitement lancé tomba à mes pieds. – Remerciez-moi, dit Francis quand nous nous rencontrâmes. – Je remerciai, mais avec des restrictions sur la manière d'offrir les fleurs. Il m'écouta avec ce sourire qui éclaire son visage – et mon cœur aussi.

– Si vous saviez, me dit-il, depuis combien de temps j'attendais pour vous l'offrir !

Et il chanta à demi-voix :

À l'heure où s'éveille la rose,
Ne dois-tu pas te réveiller ?

J'ai porté son bouquet à l'église. Je veux qu'il se fane devant le saint sacrement, et quand il sera flétri, j'irai le reprendre pour le conserver toujours. Seigneur Jésus, vous êtes au milieu de nous et il ne vous connaît pas. Il ne croit pas au mystère de votre amour. Mais vous pouvez lui ouvrir les yeux de l'âme, et le faire tomber croyant et ravi à vos pieds.

Aujourd'hui, je suis allée voir une jeune fille morte la nuit dernière. J'avais besoin de me pénétrer de quelque grave pensée, car j'étais comme enivrée de mon bonheur. Je restai longtemps à côté du lit où la pauvre enfant était couchée dans cette attitude effrayante qui n'appartient qu'à la mort. La croix noire tranchait lugubrement sur la blancheur du drap qui la couvrait. Je soulevai le linceul et regardai longtemps. Ah ! Francis, serait-il possible de ne nous aimer que pour cette vie qui passe ?

Tout passe et nous passerons comme tout le reste, mais je veux que celui de nous qui survivra à l'autre puisse dire ce qu'Alexandrine de la Ferronnays écrivait après la mort d'Albert : « Ô mon Dieu, souvenez-vous que pas une parole de tendresse n'a été échangée entre nous, sans que votre nom ait été prononcé et votre bénédiction implorée. »

7 septembre.

Hier, nous avons fait une promenade à l'Île-aux-Coudres, excursion que la présence de Francis m'a rendue vraiment délicieuse. Puis, il y a maintenant dans mon âme quelque chose qui donne à la nature une splendeur que je ne lui connaissais pas. Mon Dieu, quel sera donc le ravissement de vous aimer dans votre ciel si beau, puisque, dès cette vie, il y a tant de bonheur à aimer vos créatures !

Au havre Jacques-Cartier, nous nous sommes agenouillés à l'endroit où la messe a été dite pour la première fois au Canada. Je ne regardai pas M. Douglas. Il m'était pénible de le voir étranger aux sentiments que ce souvenir réveille. Mais sur le rocher où le sang de Jésus-Christ a coulé, je demandai pour lui la foi. Oui, mon Dieu, vous m'exaucerez. Je le verrai catholique. Ce froid protestantisme n'est pas fait pour lui.

Nous prîmes le dîner sur l'herbe, dans le voisinage de la roche, pleureuse. Cet endroit de l'île est d'une beauté ravissante. Il y règne un calme profond, une fraîcheur délicieuse. La journée avait ce charme particulier à l'automne. Francis semblait enchanté, et s'oubliait devant cette belle nature.

— C'est beau, et je suis heureux, me dit-il.

— Alors, remercions Dieu, car moi aussi je suis heureuse.

Il ne répondit rien, mais je vis briller cette flamme lumineuse qui s'allume parfois dans son regard.

Les conversations s'éteignaient ; je ne sais pourquoi mon âme inclina tout à coup à la tristesse : notre vie s'écoule, pensai-je en écoutant le bruit des vagues sur la grève, chaque flot en emporte un moment. Presque sans me rendre compte de ce mouvement, je me tournai vers Francis :

— Vous connaissez cette pensée d'une femme célèbre : Sommes-nous heureux, les bornes de la vie nous pressent de toutes parts.

— C'est douloureusement vrai.

Et nous parlâmes de cette soif de l'infini qui fait notre tourment et notre gloire. Sa sensibilité, si vive et si profonde, le rendait parfois éloquent. Jamais je n'avais compris, comme en l'écoutant, notre *misère très auguste,* notre *grandeur très misérable.*

J'aurais voulu lui dire quelle force les catholiques trouvent dans la communion, mais je n'osai pas. Il faut avoir reçu Jésus-Christ dans son cœur, pour comprendre la joie de cette union qui *éteint tous les désirs.* La belle voix d'Elmire chantait :

Vole haut, près de Dieu ; les seules amours fidèles
Sont avec lui.

Ces paroles me marquèrent, et Francis s'en aperçut. Il se mit à me parler de son amour pour moi :

— Je préférerais vous entendre dire que vous aimez Dieu.

Il me répondit avec une douceur incomparable :

— Si vous l'aimiez moins, je ne vous aimerais pas comme je vous aime.

On le pria de chanter. Il y consentit et me dit :

— Je n'ai jamais chanté depuis la mort de mon pauvre Charles, mais aujourd'hui il me semble que je trouverai de la douceur à vous chanter quelque chose que ce cher ami aimait et chantait souvent.

Il commença les *Adieux de Schubert.* Ah ! quelle émotion, quelle puissance de sentiment il y avait dans sa voix, et comme j'aurais voulu être seule pour pleurer à mon aise ! Qu'elle est touchante cette amitié qui survit à la mort, au temps et à l'amour ! Certes, je suis profondément sensible à tout ce qui le touche. Je donnerais ma vie pour lui épargner une douleur, et pourtant je vois avec une sorte de joie que rien ne le consolera jamais entièrement de la mort de son ami. Il est si bon d'être aimé d'un cœur qui n'oublie point ! Oui, je le sais, son ami lui manquera toujours, toute ma tendresse sera impuissante à le consoler complètement, mais aussi, si je mourais, personne ne me remplacerait dans son cœur. Dieu seul pourrait le consoler, et de lui je ne suis pas jalouse.

Nous laissâmes l'île vers le soir. Le retour fut enchanteur. Je regardais autour de moi, et une sécurité profonde, une paix inexprimable remplissait mon cœur.

Ô mon Dieu, vous êtes bon, la vie est douce et la terre est belle !

*

Le mariage de Thérèse était fixé à l'été suivant. Dans le mois de juin elle écrivait dans son journal :

« Mon Dieu, pourquoi ne m'exaucez-vous pas ? J'attendais tant des prières continuelles que je fais faire pour lui, et voilà que je suis bien près de désespérer.

Ce matin, je rencontrai Francis en sortant de l'église du Gésu. J'avais bien prié pour lui. J'osai le lui dire, et la première fois de ma vie, je lui parlai de mes espérances pour sa conversion. Il ne cacha pas son mécontentement et répondit avec une froideur glaciale :

— Je vous excuse en faveur de votre intention. Et il ajouta. Oh ! les dures et cruelles paroles ! — Vous vous abusez étrangement. Jamais je ne serai catholique. Comment osez-vous me parler de ce que vous appelez vos espérances ?

Comme si je pouvais lui cacher toujours le vœu le plus ardent de mon cœur ! Mais non, il ne veut pas que je lui en parle jamais. – Et quand vous serez ma femme, a-t-il dit, ne m'obligez pas à vous le défendre. – Soit. Je ne lui en parlerai pas. Ce n'est pas sur ce que je pourrais lui dire que je compte.

Ô mon Dieu, vous aurez pitié de lui. Vous éclairerez cette âme, une des plus généreuses que vous ayez créées. Je vous le demande au nom de Jésus-Christ, faites-moi souffrir tout ce qu'il vous plaira, mais donnez-lui la foi *sans laquelle il est impossible de vous plaire.* Hélas ! qui sait jusqu'à quel point les préjugés de l'éducation première aveuglent les âmes les plus droites et les plus nobles ? »

Le même jour Thérèse recevait de M. Douglas la lettre suivante :

« Je vous ai fait de la peine et j'en suis bien malheureux. Comme vous avez dû me trouver rude et dur ! Je vous en prie, pardonnez-moi, parce que je vous aime. Si vous saviez ce que je sentis quand je vous vis presque craintive devant moi ! J'aurais voulu me mettre à genoux pour vous demander pardon. En voyant vos larmes prêtes à couler, je me sauvai comme fou.

Ma Thérèse, j'aimerais mieux mourir cent fois que de vous faire souffrir. Je veux bien vous voir pleurer, mais comme vous pleuriez après avoir entendu l'aveu de mon amour. Si vous saviez comme ce souvenir m'est délicieux, comme mon cœur se reporte souvent à cette heure, la plus douce de ma vie, où, sur la grève de la Malbaie, je voyais couler vos larmes, ces larmes que vous ne sentiez pas, tant vous étiez émue.

Mon amie, je n'aurais jamais dû vous parler durement, je le regrette beaucoup et vous en demande encore pardon ; mais, laissez-moi vous le dire, en vous déclarant que vous ne deviez pas essayer de changer mes croyances religieuses, je ne faisais que mon devoir. Je pourrais vous expliquer parfaitement pourquoi je ne serai jamais catholique. Je n'en ferai rien, ni maintenant, ni plus tard, par respect pour la candeur de votre foi. Que vous désiriez ce que vous appelez ma conversion, c'est peut-être très naturel, mais il faudra ne m'en parler *jamais*. Je ne suis pas de ceux qui changent de religion. De grâce, ma chère Thérèse, ne touchez plus à cette question brûlante. J'ai assez souffert.

Charles aussi désirait me voir catholique, et, la veille de sa mort, il me pressa à ce sujet avec une tendresse extrême. Dans l'état où il était, je n'osais lui dire que je ne partagerais jamais ses croyances. Il le comprit. Et lui, l'ange gardien de ma jeunesse, demandait pardon à Dieu et s'accusait de m'avoir, par ses mauvais exemples, éloigné de la vraie foi.

Ah ! Thérèse, si je pouvais vous dire ce que j'ai souffert dans ce moment et par ce souvenir, vous auriez pitié de moi, et vous ne me demanderiez jamais ce que je ne puis pas accorder.

Après cela, Charles ne me parla plus de religion ; mais, m'attirant à lui, il tint longtemps ma tête appuyée contre son cœur, et alors, cet incomparable ami me conseilla de chercher ma consolation dans les joies de la charité. Admirable conseil qui m'a fait supporter mon malheur !

Dans ce que je viens de vous dire, il y a, je le sais, plusieurs choses qui vous affligeront, et j'en suis plus triste que vous ne sauriez croire. Mais il le *fallait*. Oui, il faut que vous le sachiez, mon éloignement pour le catholicisme est invincible. J'ai cédé à toutes les exigences de votre Église, parce que, sans cela, vous ne m'épouseriez pas, mais je mourrai dans la religion où il a plu à Dieu de me faire naître, et n'essayez jamais de m'influencer là-dessus, car, aussi vrai que je vous aime, je ne vous le permettrai pas. Du reste, vous savez, que je tiendrai loyalement, fidèlement ce que j'ai promis.

Sans doute, ma chère Thérèse, il est triste qu'il y ait un point par lequel nos cœurs ne se toucheront jamais, mais n'allez pas conclure que nous nous en aimerons moins. Songez à l'attachement que j'avais pour Charles, à son amitié, qui était le bonheur de ma vie, comme sa mort en a été la grande, l'inexprimable douleur. N'ayez donc ni inquiétude, ni crainte. Je ne puis pas être catholique, mais je serai toujours votre ami le plus sûr et le plus tendre. D'ailleurs, puisque Dieu dirige tout, jusqu'au vol des oiseaux, n'est-ce pas lui qui nous a réunis ?

Après les premiers mois de mon deuil, ceux qui s'intéressaient à moi me conseillèrent de me marier. Je laissai dire, et, suivant le désir de Charles, je m'occupai des malheureux. C'était la seule consolation que je pusse goûter. Plus tard, je songeai au mariage ; j'y inclinais par le besoin d'aimer, si grand dans mon cœur ; mais il me fallait une affection élevée et profonde, l'amour comme je l'avais compris dans le moment le plus solennel, le plus déchirant de ma vie. Dieu m'a conduit vers vous, qui êtes tout ce que je souhaite, tout ce que j'ai rêvé, vers vous, de toutes les femmes la plus vraie, la plus aimante et la plus pure.

Dites-moi, Thérèse, croyez-vous vraiment que la différence de religion mette *un abîme entre nous* ? Ô mon amie, comment avez-vous pu dire cette cruelle parole ?

Il est vrai, nous ne professons pas tout à fait la même foi, mais, tous les deux, nous savons que Dieu nous aime et qu'il faut l'aimer ; tous les deux, nous savons que secourir les pauvres est un bonheur et un devoir sacré ; tous les deux, nous croyons que Jésus-Christ nous a rachetés par son sang. Ma noble Thérèse, ma fiancée si chère, ne craignez donc pas d'être ma femme ; ne craignez pas de vous appuyer sur mon cœur pour jusqu'à ce que la mort nous sépare par l'ordre de Dieu. »

III

Il y a dix ans le 14 août dernier, dans cette même salle où j'écris aujourd'hui, Thérèse Raynol et Francis Douglas signaient leur contrat de mariage. Il me semble les voir encore, si jeunes, si charmants, si heureux !

J'avais pour M. Douglas la plus parfaite estime, et pourtant je voyais arriver le jour du mariage avec une tristesse profonde, car j'aimais Thérèse avec la plus grande tendresse, et la seule pensée de m'en séparer m'était bien amère. La lecture du contrat, ces dispositions en faveur de celui des époux qui survivrait à l'autre me firent une impression pénible, et pendant qu'on me félicitait sur ce brillant mariage, j'avais grand'peine à contenir mes larmes. Pourquoi faut-il que la mort se mêle à tout dans la vie ? Mais ces tristes réflexions me furent personnelles. La conversation se maintint animée et joyeuse entre les personnes invitées pour la circonstance. On rit, on chanta, on fit de la musique, dans cette maison où la mort allait entrer.

Un peu après le départ des invités, comme M. Douglas se levait pour se retirer : « Ne partez pas encore, lui dit Thérèse, je veux vous chanter le *Salve Regina,* c'est-à-dire, poursuivit-elle avec son charmant sourire, j'ai l'habitude de le chanter tous les soirs et aujourd'hui je veux que vous m'écoutiez. Ce chant à la Vierge était une de nos plus douces et plus chères habitudes. La voix de Thérèse était fort belle, et ce soir-là elle y mit une indicible expression de confiance et d'amour. Ah ! comment la Vierge, mère à jamais bénie, eût-elle pu ne pas entendre cette ardente prière ? M. Douglas, plus ému qu'il ne voulait le paraître, gardait un profond silence. Thérèse se rapprocha et lui dit : Francis, mon cher ami, ne voulez-vous pas que la sainte Vierge nous protège et nous garde ? Il ne répondit pas, mais la regarda pendant quelques instants avec une expression indéfinissable, puis nous souhaita le bonsoir, et partit.

Je suivis Thérèse dans sa chambre. Après la prière, que nous fîmes ensemble, elle prit le charmant bouquet de roses que Francis lui avait apporté ce jour-là et le plaça devant l'image de la Vierge. Rentrée dans ma chambre, je priai avec ferveur demandant à Dieu la force de supporter l'éloignement de ma fille chérie. Hélas ! que j'étais loin de prévoir le coup terrible qui allait me frapper !

Je dormais depuis quelque temps quand je fus réveillée par un rêve pénible. Je me levai pour me remettre, et je passai dans la chambre de Thérèse. Elle était assise sur son lit, la figure si altérée, si bouleversée qu'une crainte horrible me serra le cœur ; elle essaya pourtant de sourire en me disant qu'elle ressentait une étrange douleur à la gorge. J'envoyai aussitôt chercher un médecin. Quand je revins, elle me pria de placer un cierge devant l'image de la Vierge et voulut elle-même l'allumer. Puis, joignant les mains, elle se recueillit dans une prière fervente. Ensuite elle me passa les bras autour du cou, me rapprocha d'elle, et me fit baiser le crucifix que je lui avais donné le jour de sa première communion, et qu'elle avait toujours porté depuis.

— Mère, dit-elle, vous savez que la volonté de Dieu doit toujours être adorée et bénie. Je ne me suis jamais sentie orpheline, continua-t-elle tout attendrie, car vous avez été pour moi la meilleure des mères ; que Dieu vous récompense et qu'il vous console, ajouta-t-elle avec effort, car je sais que je vais mourir.

— Mon enfant, répondis-je toute troublée, comment peux-tu parler ainsi ? La souffrance t'égare.

Elle me regarda ; je vois encore l'expression de ses beaux yeux calmes profonds.

— Écoutez, dit-elle ; j'ai offert à Dieu mon bonheur et ma vie pour la conversion de Francis. Mon sacrifice est accepté, j'en suis sûre. N'en dites rien à Francis. Il vaut mieux qu'il l'ignore jusqu'à ce que Dieu l'éclaire.

Ces paroles retentirent dans mon cœur comme son glas funèbre. Ô mon Dieu, pardonnez-moi. Il me sembla que c'était payer trop cher le salut d'une âme. Je la regardais avec égarement ; je l'étreignis dans mes bras comme pour la disputer à la mort et je lui dis à travers mes sanglots :

— C'est trop cruel. Thérèse, mon enfant, rétracte-toi.

— Laissons faire le bon Dieu, répondit-elle simplement. Il saura vous consoler, vous et lui. J'ai eu, moi aussi, un moment d'angoisse terrible, maintenant c'est passé.

Et alors elle me dit qu'en voyant comme Francis demeurait préjugé, aveuglé, malgré les prières continuelles qu'elle faisait faire pour sa conversion, elle avait cru que Dieu voulait peut-être la faire contribuer à son salut plus que par la prière, et qu'elle avait offert son bonheur et sa vie pour lui obtenir la foi.

De ce moment je n'eus pas d'espérance. Avec une douleur affreuse, mais sans surprise, je vis tous les efforts de la science échouer complètement. Le mal fit des progrès aussi prompts que terribles. Thérèse demanda son confesseur et Francis. Le prêtre vint le premier. Pendant qu'il entendait sa confession, je m'approchai d'une fenêtre qui donnait sur l'église du Gésu. La lampe brillait dans le sanctuaire, et je disais au Christ en pleurant amèrement : Seigneur, ayez pitié de moi ! Faut-il qu'elle meure pour qu'il se convertisse ? La nuit était délicieusement calme et belle. Oh ! quel contraste entre la désolation de mon âme et le radieux éclat des cieux. J'entendis arriver M. Douglas. J'aurais voulu aller au-devant de lui pour le préparer un peu à la terrible vérité, mais je n'en eus pas la force. Il entra la figure bouleversée. Pas un des médecins présents ne hasarda une parole d'espérance. Le malheureux jeune homme se jeta dans un fauteuil et cacha son visage dans ses mains. La porte de la chambre de Thérèse s'ouvrit bientôt. Je touchai le bras de M. Douglas, qui se leva et me suivit. Le prêtre, encore revêtu de son surplis, priait devant l'image de la Sainte Vierge. Thérèse tendit la main à Francis, qui s'agenouilla à côté de son lit et sanglota comme un enfant. Alors elle se troubla, quelques larmes coulèrent sur son visage ; mais, se remettant bientôt, elle lui parla avec fermeté et tendresse.

– Francis, lui disait-elle, c'est la volonté de Dieu. Il faut s'y soumettre, car il est notre Père. Cher ami, je vous aimerai plus au ciel que sur la terre.

La douleur de M. Douglas était effrayante, et ma courageuse enfant oubliait ses terribles souffrances pour le consoler et l'encourager. Il survint un étouffement qui fit croire qu'elle allait expirer. Quand il fut passé, elle mit sa main sur la tête de Francis toujours à genoux à côté d'elle, et levant les yeux sur l'image de la Vierge :

– Mère, dit-elle avec un accent que je n'oublierai jamais, il ne vous connaît pas, il ne vous aime pas ; mais moi qui par la grâce de Dieu vous connais et vous aime, je vous le confie, je vous le donne, je vous le consacre. Obtenez de Jésus-Christ, je vous en conjure, qu'il nous réunisse pour l'éternité dans son amour.

Elle reçut les sacrements avec une ferveur céleste, et aussitôt après l'agonie commença.

Je passe sur cette heure dont le souvenir m'est resté si cruel. À cinq heures, juste aux premiers tintements de l'Angélus, elle expira. Peu à peu, je sentis son doux visage se refroidir.

Alors, prenant le crucifix que ses mains glacées étreignaient encore, je le donnai à Francis.

Deux sœurs de charité vinrent pour l'ensevelir. Quand tout fut terminé, j'entrai dans la chambre mortuaire, que les religieuses avaient ornée avec un soin pieux. Les fleurs y répandaient un parfum suave. M. Douglas était à genoux près du lit sur lequel Thérèse semblait dormir dans sa blanche et gracieuse parure de noces. Son voile retombait à demi sur son charmant visage, d'une pâleur transparente. Un chapelet, à grains de corail d'un rouge éclatant, était passé à son cou, et la croix brillait entre ses mains jointes. Je baisai ses douces lèvres, ses yeux fermés pour jamais, et la regardai longtemps.

Le matin des funérailles, quand vint le moment de la mettre dans son cercueil, Francis s'approcha, prit la main gauche de Thérèse, lui mit son anneau de mariage, et ensuite il l'embrassa sur les lèvres. Le jeune homme, aussi pâle qu'elle, soutint sa tête pendant que je coupais ses beaux cheveux bruns ; puis, la prenant dans ses bras, il la déposa sur le lit du repos suprême. Nous restâmes longtemps à la regarder, et ma pensée se reportait aux jours d'autrefois, alors qu'après l'avoir endormie dans mes bras et couchée dans son petit lit, je m'oubliais à la regarder dormir. Enfin, Francis releva son voile, et lentement, tenant toujours les yeux fixés sur elle, il lui couvrit le visage. Ô mon Dieu, quand je paraîtrai devant vous, souvenez-vous de ce que j'ai souffert à ce moment terrible !

Après les funérailles, on m'apporta un billet de M. Douglas. Il m'annonçait qu'il s'éloignait pour quelque temps, et s'engageait à me donner bientôt de ses nouvelles. Quelques jours plus tard, je reçus la lettre suivante :

Madame,

Je laissai Montréal immédiatement après les funérailles de Thérèse, car j'avais besoin de la plus profonde solitude pour pleurer et remercier Dieu. Oh ! Madame, Dieu est bon ! Ma céleste Thérèse le disait au milieu des douleurs de la mort, et le même cri s'échappe sans cesse de mon cœur déchiré. Tout est fini pour moi sur la terre, et pourtant je succombe sous le poids de la reconnaissance, car la lumière s'est faite dans mes ténèbres et je suis catholique, oui catholique. Ah ! béni soit Dieu qui m'a donné la *foi*. Quel bonheur de le dire à Thérèse, de remercier Dieu avec elle ! Mais ce serait trop doux pour cette pauvre terre, où le bonheur n'existe pas.

Je sais que ma conversion vous sera une consolation bien grande, aussi vous parlerai-je avec la confiance la plus entière. Vous connaissiez, Madame, mon éloignement pour le catholicisme ou plutôt vous ne le connaissiez pas, car dans nos relations, je dissimulais soigneusement mes préjugés, pour ne pas affliger Thérèse. Mais quand elle me dit qu'elle comptait sur ma conversion, je crus devoir ne pas lui laisser d'illusions là dessus. Comme elle devait me plaindre et prier pour moi !

Je n'essaierai pas de vous dire ma consternation en apprenant la maladie de Thérèse, ce que je souffris en la trouvant mourante. Interrogez votre cœur, Madame. Je contins l'explosion de mon désespoir pour ne pas la troubler à cette heure terrible, mais qui pourrait dire ce que souffrais ? Tout entier à elle et à ma douleur, je ne voyais rien, je n'entendais rien autour de moi ; je n'avais rien remarqué des préparatifs pour l'administration et quand le prêtre s'approcha avec l'hostie sainte, – Ô mon Dieu comment parler de ce moment sacré, comment dire le miracle qui se fit dans mon âme ? Sans doute, Thérèse priait pour moi à cette heure solennelle, et à sa prière le Seigneur Jésus daigna me regarder, car dans cet instant la foi la plus ardente pénétra, embrasa mon âme. Saisi d'un respect sans bornes, je me prosternai, en disant du plus profond de mon cœur : Oui, vous êtes le Christ, le Fils unique du Dieu vivant…Ô miséricorde ! Ô bonté ! Ô moment à jamais béni ! Ô moment vraiment ineffable et que toutes les joies du ciel ne me feront pas oublier ! La foi, la reconnaissance, l'amour débordait de mon âme. Les larmes jaillirent à flots de mon cœur. J'aurais donné ma vie avec transport, pour rendre témoignage de la présence réelle, celui de tous les dogmes catholiques qui révoltait davantage ma superbe raison. Le regard du Christ, comme un soleil brûlant, avait fondu ces glaces épaisses, dissipé ces nuages obscurs qui m'avaient empêché jusqu'alors de croire à la parole et à l'amour de mon Dieu.

Je vis ma charmante fiancée agoniser et mourir, mais, avec la foi, la résignation était entrée dans mon âme, et une paix profonde se mêla à mon inexprimable douleur. Au moment terrible, quand le prêtre prononça l'absolution suprême, je crus que la connaissance lui revenait, et me penchant sur elle, je lui dis : Thérèse, remercie Dieu, je suis catholique. Me comprit-elle ? Je le crois, car son regard mourant se ranima et se tourna vers moi. Ah ! comme il dut réjouir les anges et pénétrer jusqu'à Dieu, ce chant de joie et de reconnaissance qui s'éleva de son cœur, pendant qu'elle était dans le travail de la mort.

Combien je vous remercie, Madame, pour ce crucifix qui vous eût été si cher et si précieux, et que vous avez eu la générosité de me donner. Quand je le regardai, là, à côté de Thérèse morte, ce fut comme si une lumière éclatante jaillissant des plaies sacrées du Christ eût illuminé les mystérieuses profondeurs de l'éternité. Comme je la trouvai heureuse d'avoir ouvert les yeux à ces radieuses splendeurs, d'avoir vu Dieu face à face, d'être avec lui pour jamais ! Ne vous sentiez-vous pas consolée en regardant son visage, son doux visage, sur lequel la vision de Jésus-Christ avait laissé comme un reflet céleste de bonheur et de paix ? Si je pouvais vous dire ce que j'éprouvais pendant la messe des funérailles, la reconnaissance qui consumait mon âme, quand je pensais que sur l'autel Jésus-Christ s'immolait pour ma Thérèse ! Quelle consolation je trouvais à prier pour elle, pour elle qui a tant prié pour moi !

Vous vous étonnez peut-être que j'aie un peu tardé à vous faire connaître mon changement. C'est que le prêtre qui avait assisté Thérèse me conseilla, après m'avoir entendu, d'en traiter d'abord avec Dieu. Il m'envoya à ce monastère d'où je vous écris. J'arrivai le soir de la solennité de l'Assomption. Le supérieur me reçut avec une bonté parfaite et me conduisit à la chapelle, où les religieux étaient réunis pour l'office. L'image de la Vierge, brillamment illuminée, resplendissait au-dessus de l'autel, et cette vue m'émut profondément. Je me rappelai ce moment où, sur son lit de mort, Thérèse, mettant sa main sur ma tête, me consacra à la mère de miséricorde. Du plus profond de mon cœur je ratifiai la consécration, et promis à la Sainte Vierge de l'honorer toujours du culte le plus tendre et le plus aimant. Une voix admirablement belle chanta le *Salve Regina,* et ce chant suave, réveillant dans mon cœur l'émotion la plus douce et la plus déchirante, je pleurai longtemps. Non, jamais je n'oublierai ce soir (le dernier de sa vie) où Thérèse me le chanta. En l'écoutant, un sentiment confus de vénération et de confiance pour la mère de Dieu pénétra pour la première fois dans mon âme, et j'essayais de réagir contre cette impression, très douce pourtant. Vous rappelez-vous avec quel accent elle me dit : Francis, mon cher ami, ne voulez-vous pas que la Sainte Vierge nous protège et nous garde ? Cette question me troubla. En regagnant mon logis, je pensais combien peu, après tout, je pouvais pour son bonheur, et un instinct secret me portait à la mettre sous la garde de la Vierge Marie.

C'était hier le jour fixé pour mon mariage, et malgré la force que je puise dans ma foi, je succombai sous le poids de la plus mortelle tristesse. La journée était magnifique. Le soleil resplendissait. Toute la nature avait un air de fête. Et moi, je repassais mes rêves de bonheur, et ma pensée s'arrêtait dans cette tombe où tout est venu s'engloutir, dans cette tombe où je l'ai vue descendre pour y dormir jusqu'à ce que *les cieux et la terre soient ébranlés*. C'était horriblement douloureux. Mais le saint religieux qui me prépare au baptême vint me joindre dans le jardin où je m'étais retiré, et, me reprochant tendrement et fortement ma faiblesse, m'en fit demander pardon à Dieu. Du reste ces défaillances sont rares. La puissante main du Christ me soutient sur un abîme de douleur. Mais vous, Madame, comment supportez-vous cette terrible épreuve ? Ah, laissez-moi vous répéter ce que Thérèse me disait : C'est la volonté de Dieu, et il faut s'y soumettre, car il est notre Père.

Mon baptême est fixé au 28 août. Il serait superflu de vous dire combien je désire vous y voir. Vous aviez pour Thérèse un cœur de mère, et vous ne sauriez croire comme votre tendresse pour elle m'attache à vous. Souffrez que je vous remercie de vos soins si éclairés, si tendres. Je les appréciais d'autant plus que j'ai beaucoup souffert du malheur d'être orphelin. Soyez bénie, Madame, pour l'avoir tant aimée. Soyez bénie pour les larmes amères que vous avez versées avec moi sur son cercueil. Vous parlerai-je de l'impatience avec laquelle j'attends le jour de ma régénération, l'heure sacrée de mon baptême. Qu'il tarde à venir, ce jour ou je serai lavé dans le sang du Christ. Vous savez que le 28 août est la fête de saint Augustin. Plaise à Dieu qu'à l'exemple de cet illustre pénitent, je pleure toute ma vie mes fautes innombrables et le malheur d'avoir aimé Dieu si tard. En attendant l'abjuration publique, tous les jours, en la présence de Jésus-Christ et de ses anges, j'abjure dans le secret de mon cœur toutes les erreurs de l'hérésie. Vous ne vous imaginez pas la douceur que je trouve à dire et redire à Jésus-Christ que je veux appartenir à son Église, en être l'enfant le plus humble et le plus soumis.

Le soir, je me promène avec mon directeur dans le jardin du monastère. Nous parlons de l'amour et des souffrances du Christ, du néant des choses humaines et de cette heure qui vient où *les morts entendront dans leurs tombeaux la voix du Fils de Dieu. Oui, j'attends la résurrection des morts,* et mes larmes coulent bien douces quand je pense qu'un jour je retrouverai ma Thérèse rayonnante de l'éternelle jeunesse et de l'immortelle beauté.

Parfois, je l'avoue à ma honte, il me semble que je ne pourrai jamais supporter son absence. Je le disais aujourd'hui même à mon directeur. Le saint vieillard à souri doucement et m'a répondu avec une expression céleste : Mon fils, quand vous aurez communié, vous saurez que Dieu suffit à l'âme. Ces paroles firent battre mon cœur. En songeant à ma communion prochaine, je restai ému, ébloui, comme un voyageur devant qui s'entrouvre un horizon enchanté et inconnu. Ô Christ mon sauveur, que se passe-t-il dans l'âme qui vous aime quand vous y entrez ? Peut-être devrais-je, Madame, vous parler avec plus de calme, mais la seule pensée de ma première communion me plonge dans une sorte de ravissement. Songez donc à ce que Jésus-Christ a fait pour moi. Et pourtant j'ai des heures d'abattement terrible, quand je pense que ma Thérèse n'est plus nulle part sur la terre. Ô misère et faiblesse du cœur de l'homme ! Je la pleure quand je la sais au ciel…Mais le saint que Dieu m'a donné pour guide me dit de ne pas m'alarmer si la nature faiblit souvent. Dans ces moments d'amère et profonde tristesse, il me fait réciter le *Te Deum* pour remercier Dieu de ce qu'il m'a donné non seulement *de croire en lui, mais encore de souffrir pour lui.* Cette grâce de la souffrance et de la foi, vous l'avez aussi reçue, Madame, bénissez et remerciez Dieu avec moi, en attendant que, comme l'en priait Thérèse, il nous réunisse pour l'éternité dans son amour.

*

À mon extrême regret, je ne pus assister au baptême de M. Douglas, mais, dans ma réponse à sa lettre, je lui appris que Thérèse avait offert à Dieu son bonheur et sa vie pour obtenir sa conversion. Après son baptême, Francis revint à Montréal et passa quelque temps chez moi. Sa première visite avait été pour la tombe de sa fiancée. Je le revis avec un déchirant bonheur. Il me fit prendre place sur le sofa où il avait si souvent causé avec Thérèse, et quand il put parler, il m'entretint de Dieu et d'elle. Toujours généreux, il s'efforçait, pour ne pas ajouter à ma peine, de me cacher l'excès de sa douleur, et partait surtout des joies de sa conversion, mais sa douleur éclatait malgré lui, avec des accents qui déchiraient le cœur. Et pourtant, avec quel ravissement il parlait de son baptême et de sa première communion ! Ah ! si Thérèse eût été là pour le voir et l'entendre ! Ce jeune homme comblé de grâces si grandes m'inspirait une sorte de vénération. Je ne pouvais détacher mes yeux de sa belle tête blonde, sur laquelle l'eau du baptême venait de couler. Il avait beaucoup maigri et pâli pendant ces deux semaines, mais la joie profonde du converti se lisait dans ses yeux fatigués par les larmes. Jamais je n'ai compris la puissance de la foi, comme en le regardant et l'écoutant. Quand ce cœur si cruellement déchiré éclatait en transports d'actions de grâces, je me rappelais les martyrs qui chantaient dans les tortures.

Tous les jours il s'enfermait dans la chambre de Thérèse, et passait là des heures entières. On n'y avait rien changé. La petite table qui avait servi d'autel était encore là avec ses cierges et ses fleurs. Le bouquet de roses, dernier don de son fiancé, était toujours devant l'image de la Vierge où Thérèse l'avait mis. Hélas ! ces pauvres fleurs n'étaient pas encore flétries quand la mort l'avait frappée.

La première fois que Francis entra dans cette chambre pour lui si pleine de souvenirs, il baisa la table où le saint sacrement avait reposé, et voulut ensuite s'agenouiller là où il l'avait vue mourir, mais il se trouva mal et fut obligé de sortir. Je voulus l'empêcher d'y retourner, craignant pour lui ces émotions si douloureuses, mais il me rassura. Ne craignez rien, me dit-il, Dieu s'est mis entre la douleur et moi. D'ailleurs, cette chambre où elle a vécu, où elle est morte, cette chambre où j'ai reçu la foi est pour moi un sanctuaire sacré. Voyant qu'il y passait la plus grande partie de son temps, j'y mis le plus ressemblant des portraits de Thérèse. Il me remercia pour cette attention avec une effusion touchante, et me dit ensuite qu'il la portait continuellement dans une présence bien autrement intime que celle des sens.

Souvent, il m'entretenait de nos immortelles espérances, et parlait avec une conviction si ardente, si profonde, qu'en l'écoutant, je me demandais si j'avais un peu de foi. Sa présence me fit un bien infini. Il était impossible de ne pas se ranimer au contact de cette ferveur brûlante. Tous les jours nous allions visiter le cimetière de la Côte des Neiges. Je déposais sur la tombe de Thérèse les fleurs que nous avions apportées. Francis jetait son chapeau sur la terre, s'agenouillait et passait son bras autour de la croix. Je le regardais prier avec une consolation inexprimable. Comment Dieu eût-il pu ne pas écouter cette âme tout éclatante de la pureté de son baptême ? Comment eût-il pu ne pas entendre *la voix de ces larmes* si saintement résignées ? Ce fut dans le cimetière, debout près de la tombe de Thérèse, que M. Douglas me confia sa résolution d'entrer dans un monastère, après avoir fait le pèlerinage de la Terre-Sainte. Il aimait à parler de la vie religieuse, du bonheur et de la gloire d'être tout à Dieu, et alors son visage prenait une expression qui élevait l'âme. En le regardant, je me surprenais rêvant à ces joies du renoncement et du sacrifice, redoutables, il est vrai, à la faiblesse humaine, mais si incomparablement au-dessus de toutes les autres.

Vint le jour du départ et le dernier adieu, puis, pour lui, la dernière visite au cimetière.

C'était une triste et froide journée d'automne, et seule à mon foyer pour jamais désolé, je pensais à ma Thérèse qui dormait sous la terre, et au noble jeune homme qui s'en allait at-

tendre dans la paix profonde du cloître la paix plus profonde de
la mort.

Après le départ de M. Douglas, je trouvai dans le journal de
Thérèse les lignes suivantes qu'il y avait ajoutées. Elles étaient
écrites en anglais et presque effacées par ses larmes :

« Ô mon Dieu, réunissez-nous pour l'éternité dans votre
amour !

« Ce vœu suprême de son âme, je l'ai fait graver sur son
crucifix que je porte sur ma poitrine, sur l'anneau que je lui ai
donné comme à mon épouse et qu'elle porte parmi les morts,
mais il est plus ineffaçablement gravé dans mon cœur.

« Ô mon Dieu, soyez béni ! *je suis content de vous ;* dans le
deuil si intime, si profond de mon âme, j'aime à répéter ce
qu'elle me faisait dire aux jours du bonheur. Tout est fini, à jamais fini…mais *mon cœur a chanté sa joie. Les routes me sont
ouvertes à la véritable vie. Par les entrailles de la miséricorde
de Dieu, qui a voulu que ce soleil levant vînt d'en haut nous visiter, pour éclairer ceux qui sont ensevelis dans l'ombre de la
mort.* Ces paroles, l'Église les a chantées sur la tombe de Thérèse, et cette mère immortelle les chantera aussi sur mon cercueil. Ah ! je voudrais qu'un même tombeau nous réunît un
jour. Mais non, il faut s'en aller mourir où la voix de Dieu
m'appelle. Il faut partir et pour ne revenir jamais. Qu'est-ce qui
nous attache si fortement là où nous avons aimé et souffert ?

« Thérèse, tous les jours de ma vie, j'aurais voulu pleurer
sur cette terre qui te couvre. C'est à côté de toi que je voudrais
dormir mon dernier sommeil, et me réveiller à l'heure de la résurrection. Mais il faut obéir à Dieu. Il faut partir. Demain
j'aurai laissé pour toujours cette terre du Canada, où nous nous
sommes aimés, où ton corps repose ; mais j'emporte avec la

douleur qui purifie la foi qui sauve et console, et, depuis l'heure à jamais bénie de mon baptême, il y a dans mon âme la voix qui crie sans cesse à Dieu Mon père ! mon père !

« Ô sainte Église catholique ! Ô épouse sacrée du Christ ! Ô ma tendre et glorieuse mère ! Vous m'avez fait l'enfant de Dieu. Nourri dans la haine et le mépris de votre nom, je vous méconnaissais, je vous insultais ; mais maintenant je vous appartiens et je n'aspire plus qu'à mourir entre vos bras.

« Mon Dieu, soyez mon rêve, mon amour. Je m'en vais attendre que les ombres déclinent et que le jour se lève. »

IV

Après son départ, M. Douglas m'écrivit souvent, et me disait chaque fois qu'il ne pouvait s'habituer au bonheur d'être catholique. À son retour d'Orient, il entra à la Grande Chartreuse, d'où il m'écrivit une dernière fois.

Voici sa lettre :

Madame,

Vous n'avez pas oublié nos conversations de l'automne dernier, ce que je vous confiai sur ma résolution d'entrer dans un cloître. Cette résolution, je l'ai renouvelée partout : à Lourdes, à Lorette, à Rome, à Bethléem, sur le Calvaire, et je viens enfin de l'exécuter. Depuis une semaine je suis à la Grande Chartreuse, où, avec la grâce de Dieu, je veux finir ma vie. Mon bonheur est grand. On respire ici une atmosphère de paix qui pénètre l'âme et semble rapprocher du ciel. Je n'avais pas l'idée de ce calme, de ce silence plus éloquent que celui des tombeaux. Vous ne sauriez vous figurer ce qu'on éprouve en entrant dans ce monastère, où, depuis bientôt huit siècles, tant d'hommes qui pouvaient être grands selon le monde, sont venus s'ensevelir pour y vivre pauvres et obscurs sous le seul regard de Dieu.

Vous savez que la Chartreuse est bâtie dans une solitude profonde, au milieu de rochers presque inaccessibles. Cette nature grandiose élève l'âme et m'a rappelé la sauvage beauté de certains paysages de votre Canada. Je ne vous dirai rien de l'histoire de ce célèbre monastère (où votre pensée, j'espère, viendra souvent me visiter), car, sans doute, vous le connaissez depuis longtemps. Je vous avoue que j'étais bien ému en arrivant ici. Je songeais à ceux qui m'y ont précédé, à ces preux d'autrefois, à tant de nobles et brillants seigneurs qui ont fui les pompes et les séductions du monde, pour venir à la Chartreuse opérer leur salut. Cette sauvage solitude a vu bien des sacrifices héroïques, sanglants, et quelles terribles luttes entre la nature et la grâce ont dû s'y passer ! Pour moi, j'y venais sans combat, car, depuis la mort de ma fiancée, le monde ne m'est plus rien.

Le recueillement des religieux m'a profondément touché. Oui, Louis Veuillot avait raison quand il disait : Il faut laisser les monastères, non pour les grands coupables et les grandes douleurs, comme on le dit communément, *mais pour les grandes vertus et les grandes joies.*

Je comptais commencer mon noviciat le jour de mon entrée, mais les bons Pères m'ont donné une semaine de repos pour me remettre de mes fatigues de voyage, et le religieux chargé d'exercer l'hospitalité me traite avec toutes sortes de soins et d'attentions. Il me gâte. Je ne fais pas ici d'allusion, madame, je ne vous fais pas des reproches indirects de m'avoir autrefois, chez vous, gâté avec autant de bonne grâce que cet aimable religieux.

En attendant, j'occupe une des chambres destinées aux étrangers. Cette chambre, toute monastique, n'a pour ornement qu'un tableau représentant saint Bruno en prière ; au-dessous sont gravées les armoiries des Chartreux – un globe surmonté d'une croix et cette belle devise : *Stat crux dum volvitur orbis ;* la croix demeure pendant que le monde tourne. J'aime cette profonde parole.

Maintenant, je vais vous parler d'une chose qui m'a été bien pénible.

Hier, le Père Supérieur vint me voir à ma chambre. J'ouvris mes malles pour lui montrer plusieurs de mes souvenirs de voyage que je croyais propres à l'intéresser. Le révérend Père trouva probablement qu'il y avait là bien des inutilités, car il me dit qu'avant de commencer mon noviciat, j'aurais à remettre tout ce que j'avais apporté avec moi. Cet ordre me bouleversa. Depuis la mort de Thérèse, j'avais toujours porté sur moi son crucifix, et son portrait qu'elle m'avait donné le jour de nos fiançailles, avec une boucle de ses cheveux. Me séparer de ces souvenirs si chers me paraissait un sacrifice au-dessus de mes forces. Eh quoi ! me disais-je, je me séparerais de tout ce qui me reste d'elle ! de son portrait, de ses cheveux, du crucifix qu'elle a porté si longtemps, qu'elle tenait entre ses mains à son heure dernière ! devant lequel elle a offert pour mon salut son bonheur et sa vie ! Je passai la nuit dans une agitation cruelle. Enfin ce matin, profondément malheureux, j'allai à la chambre du Père Supérieur. Mon trouble n'échappa point à son regard pénétrant ; car, après m'avoir offert un siège, il me demanda ce qui m'affligeait et m'engagea à lui parler « comme un enfant parle à son père. » J'étais grandement embarrassé, mais je le regardai et ma timidité faisant place à la confiance et au plus profond respect, je m'agenouillai devant lui et lui dis tout. Je lui dis comme ses paroles de la veille m'avaient fait souffrir, pourquoi ma fiancée avait offert sa vie à Dieu ; je lui racontai sa mort, ma conversion, et demandai la permission de garder ce qui me restait d'elle : son crucifix, son portrait et ses cheveux.

Le bon Père s'attendrit visiblement en m'écoutant, et me dit après quelques instants de silence :

— Mon fils, gardez toujours au fond de votre cœur le souvenir de cet ange que Dieu avait mis sur votre route pour vous conduire à lui. Ce qu'elle a fait pour vous est l'héroïsme de la charité. Quant à ces objets qui vous sont si justement chers, vous avez là l'occasion d'un sacrifice.

Et comme je ne répondais rien, le vénérable religieux mit ses mains sur ma tête et me dit avec un accent qui pénétra jusqu'au plus intime de mon âme :

— Mon enfant, pourquoi êtes-vous venu ici ? Pourquoi voulez-vous être religieux ?

J'étais bien troublé, mais je lui dis :

— Mon Père, commandez-moi ce que vous voudrez, je vous obéirai en toutes choses ; seulement, je vous en prie, laissez-moi ce qui me reste d'elle. Ces souvenirs sont pour moi sacrés, je les avais sur mon cœur au jour de mon baptême et de ma première communion. Permettez que je les garde encore, au moins pour quelque temps.

— Non, me répondit-il avec douceur, mais aussi avec une autorité qui ne souffrait pas d'instances, non, mon enfant. Le sacrifice est la base de la vie religieuse. Si vous voulez commencer votre noviciat, il faut me remettre ces objets, auxquels vous tenez tant.

Il se fit dans mon âme un combat bien douloureux. Je vous l'avoue à ma confusion, pendant quelques instants j'hésitai — oui, j'hésitai. Ô mon Dieu, ayez pitié de moi ! Ô ma Thérèse, prie pour moi, dis-je au fond de mon cœur ; et, ôtant de ma poitrine le crucifix et le médaillon, je les remis au Père, qui me considérait en silence. En me séparant de tout ce qui me restait d'elle, je ressentis quelque chose de cette douleur terrible qui me brisait le cœur quand je la mis dans son cercueil. Je pleurais. Mais loin de s'indigner de ma faiblesse, le saint religieux m'attira dans ses bras, et me dit de douces et tendres paroles.

— Ne pleurez pas, me répétait-il, ne pleurez pas, mon enfant. Tout sacrifier à Dieu, c'est la plus grande des grâces, le plus grand des bonheurs. Plus tard, vous le saurez et vous regretterez ces larmes. Croyez-moi, ajouta-t-il avec une expression charmante, votre ange gardien, et cet autre ange que Dieu vous avait donné, se réjouissent pour vous dans ce moment.

Il me parla des grandes grâces que Dieu m'a faites, de mon baptême, de ma première communion.

Ah ! Madame, si vous l'aviez entendu quand il me suppliait d'être fidèle, d'être reconnaissant, d'être généreux ! Il y a dans sa parole quelque chose qui pénètre et enflamme le cœur. J'avais bien honte de moi, je vous assure, en pensant que je venais d'hésiter misérablement devant un sacrifice ; mais le bon Père ne me fit pas de reproches. Au contraire, il consentit à me laisser commencer mon noviciat ; et, me serrant dans ses bras, comme pour faire passer dans mon cœur le feu sacré qui brûle le sien, il me souhaita le bonheur d'aimer Dieu jusqu'au renoncement continuel, absolu, jusqu'à l'immolation parfaite et constante de moi-même. Ce souhait me fit éprouver une émotion profonde. Il me sembla que je n'avais jamais entendu rien d'aussi doux, ni d'aussi terrible. Je remerciai le saint vieillard, et lui avouai que je n'étais qu'un faux brave, que les mots de renoncement et d'immolation me faisaient frémir. Il m'écouta avec une aimable indulgence, et sourit en m'entendant parler de mes craintes, comme nous faisons quand les enfants nous parlent de leurs frayeurs imaginaires. Ce sourire, je vous l'assure, en disait plus que n'importe quelle parole, sur cette folie qui nous fait craindre de souffrir pour Dieu. Puis, comme j'allais le saluer pour me retirer, le révérend Père me dit agréablement :

— Mais, je devrais vous gronder pour avoir tardé à tout me dire.

Je lui baisai les mains, et l'assurai que je serais le plus confiant de ses religieux, comme j'étais peut-être déjà celui qui l'aimait le plus. Cela le fit sourire, et il me répondit aimablement :

– Mon enfant, le vieux moine vous aime aussi.

Le P. Supérieur doit vous renvoyer dans ma lettre le portrait et les cheveux de Thérèse. En les recevant, vous auriez cru peut-être que son souvenir m'était moins cher, moins sacré, et cette pensée, je le sais, vous serait bien pénible. Voilà pourquoi je vous ai tout dit sur cette première et bien sensible épreuve de ma vie religieuse. Et puis, j'aimais à vous faire connaître mon Supérieur, à vous répéter ce qu'il m'a dit d'elle. Je suis sûr que vous partagerez la consolation que j'éprouvais en l'entendant. N'est-il pas bien bon ? Il me semble que je redeviens enfant quand je lui parle.

Ce soir, je vais prendre possession de ma cellule et commencer mon noviciat. Le monde attribue cette résolution à l'excès de mes regrets. Il se trompe. Thérèse était un ange et je l'aimais avec toute la force et la tendresse de mon cœur, mais si je pouvais la rappeler à la vie, je ne le ferais pas. Non, Dieu m'en est témoin, Madame, je la laisserais parée de sa pureté virginale au Seigneur Jésus, à Celui qui l'a le plus aimée.

Quand, l'été dernier, je me préparais à mon mariage, qui m'eût dit que quelques mois plus tard je serais à la grande Chartreuse, n'aspirant plus qu'à ce dépouillement de l'âme qui ne laisse rien à sacrifier ?

« Ô Mon Dieu, vous avez brisé mes liens et je vous rendrai un sacrifice de louanges. »

Je songe souvent à la joie que Thérèse doit avoir de ma vocation religieuse. La chère enfant ne désirait pour moi que la foi. Mais, comme dit saint Paul, Dieu peut faire infiniment plus que nous ne désirons. Je ne lis jamais ces paroles sans m'attendrir, sans penser à la reconnaissance que Thérèse et moi nous devons à Dieu. Ah, qu'il est bon, Madame. Après m'avoir donné la foi, il m'appelle au bonheur et à la gloire de lui appartenir.

Sans doute, la vie religieuse est austère, mais *la charité de Jésus-Christ nous presse,* et l'enchantement de vivre sous le même toit que cet aimable Sauveur fait passer légèrement sur bien des choses. D'ailleurs, je vous le demande, quel bonheur humain peut se comparer à celui du religieux, quand il se prosterne sur le pavé du sanctuaire, après les vœux solennels qui l'unissent à Dieu pour toujours ? Dans le monde, la seule pensée de la mort assombrit toutes les joies, trouble toutes les tendresses. Ici, non seulement cette pensée est sans amertume, mais la mort elle-même a un air de fête. Et comment s'en étonner ? Le religieux n'attend rien de *la figure de ce monde qui passe,* il a *jeté son cœur dans l'éternité,* et vit de la foi et de l'espérance. Aussi, sur le bord du tombeau, la foi, qui va disparaître devant la claire vue ; l'espérance, qui va se perdre dans la possession, brillent d'un dernier et plus vif éclat dans son âme, et resplendissent à travers les ombres et les tristesses de la mort, comme le soleil couchant dans les nuages. Si cette image vous semble un peu pompeuse, songez, s'il vous plaît, que j'ai là sous les yeux, en vous écrivant, un magnifique coucher de soleil.

Madame, je vais maintenant vous dire adieu. Si je persévère, comme il faut l'espérer, je ne vous écrirai plus et nous ne nous reverrons jamais sur la terre. Mais ne vous affligez pas. *Le cœur en haut,* et remerciez Dieu pour moi. Au revoir dans l'éternité, chez notre Père.

Vous vous rappelez que, sur son lit de mort, Thérèse protestait qu'elle m'aimerait plus au ciel que sur la terre, et moi, en présence des anges gardiens de ce monastère, je vous promets que tous les jours de ma vie je remercierai Dieu de l'avoir connue et de l'avoir aimée. Je ne visiterai plus sa tombe, je ne parlerai plus jamais d'elle ; la robe blanche des chartreux va remplacer mes habits de deuil, mais ma tendresse pour elle vivra toujours.

Priez pour moi, je ne vous oublierai jamais, et de ma cellule, je demanderai à Jésus-Christ qu'il mette sa main sur la profonde blessure de votre cœur, sa divine main, qui pour l'amour de nous fut attachée à la croix.

Adieu, une dernière fois.

Permettez que je termine par une parole de saint Augustin, la première que j'ai lue sur les murs de la Chartreuse : Ô aimer ! Ô mourir à soi ! Ô parvenir à Dieu !

*

Le portrait et les cheveux de Thérèse étaient joints à la lettre. M. Douglas ne m'écrivit plus, mais ma pensée le suivait avec respect et attendrissement dans les exercices de sa vie religieuse, si noble et si sainte. Je me le représentais priant dans sa chaste et pauvre cellule. Je savais que le souvenir charmant et sacré de ma fille chérie vivait dans son cœur, que tous les jours, suivant sa parole, il remerciait Dieu de l'avoir aimée, et cette pensée m'était singulièrement douce.

Francis Douglas avait toujours vécu dans l'opulence ; il dut souffrir beaucoup de l'austérité de la Chartreuse. Pourtant il prononça ses vœux. Atteint, peu après, d'une maladie mortelle, il vit venir la mort avec une paix profonde. Un des religieux lui ayant demandé s'il n'éprouvait pas quelque crainte, il sourit et répondit : Que craindrais-je ? Je vais tomber dans les bras de Celui que j'ai le plus aimé.

Il pria son supérieur de m'écrire pour m'apprendre sa mort.

Sans cesse, il bénissait Dieu du don de la foi.

Après sa communion dernière, Francis désira entendre le *Salve Regina* et expira doucement pendant qu'on le chantait. Il aimait ce chant, disaient les religieux ses frères, et ne l'entendait jamais sans s'attendrir visiblement.

Laure Conan